ISBN 978-2-7002-3558-6

L'école d'Agathe

Texte de Pakita
Images de J.-P. Chabot

Arrête de bouder Lilou

RAGEOT • ÉDITEUR

Vous connaissez Lilou ?
C'est la reine du **boudin.**
Noooooon ! Pas le **boudin** qu'on mange...
La reine des **boudeuses,** bien sûr !

Lilou **boude**
tout le temps.
Pourtant elle
a de la chance !
Sa
grande
sœur est
coiffeuse et essaie
toutes les

nouvelles
coiffures
du monde sur ses
longs **cheveux**
blonds.

En plus,
son grand frère
l'emmène à l'école
sur son super
scooter **rouge.**

Une fois, avec Zoé, on lui a dit qu'on aimerait bien avoir des frères et sœurs comme elle. Et Lilou nous a répondu :

– **Pfff !** Ils sont si vieux qu'ils ne jouent jamais avec moi. Ils sont toujours chez leurs copains... et moi, je dois m'occuper toute seule !

D'habitude, quand Lilou nous demande :

– Tu viens jouer à la marelle ? Tu aimes ma nouvelle **coiffure ?**

Et qu'on lui répond non, elle part s'asseoir en **boudant** sur un banc.

Mais elle ne **boude** jamais longtemps. Trois minutes après, elle revient jouer avec nous.

– Vous savez quoi ? nous a annoncé Lucas l'autre jour. Cette nuit, Vanille, ma **chienne,** a mis bas cinq **chiots !**

– Géniaaal ! Je veux les voir tout de suite, s'est exclamée Lilou.

– Impossible ! Ils viennent juste de naître.

– Puisque c'est comme ça, je ne te parle plus ! a crié Lilou.

Et elle a foncé sur le banc pour **bouder.**

Et de son banc, Lilou nous a fait une grimace spéciale **boudin** !

Je vous explique :

1. D'abord, tu baisses la tête.

2. Après, tu fronces les sourcils très fort.

3. Et pour finir, tu serres les lèvres jusqu'à ce que ta bouche dégringole et qu'elle ressemble à un pont.

Si tu veux, tu peux aussi traîner les pieds quand tu t'éloignes.

Une fois assis sur le banc :

1. Tu mets tes bras autour de tes genoux relevés.

2. Tu enfonces la tête dans tes genoux.

3. Tu la relèves un peu, juste pour voir si on te regarde.

Ce jour-là, Lilou a **boudé** jusqu'à la sonnerie !

Mais j'y pense ! Vous connaissez Vanille ? C'est la **chienne** de Lucas. Son mari est un grand **chien** noir qui s'appelle Gustave. Je suis trop contente qu'ils aient fait des bébés ensemble.

Lucas a plein d'animaux dans sa maison. Forcément, c'est une ferme ! On y va souvent. Vanille nous connaît bien.

En classe, Lucas a annoncé la bonne nouvelle à la maîtresse.

– Lucas, quand penses-tu que Vanille aura envie de nous montrer ses **chiots ?** a demandé la maîtresse.

– Pas tout de suite. Ils sont tout petits et elle ne veut pas qu'on y touche ! Même moi, je les regarde seulement !

Le lendemain, Lucas nous a apporté des photos des bébés **chiens.**

– Wouah ! Ils sont trop mignons ! on s'est exclamés.

Lilou a mis son doigt sur une des photos en criant :

– Moi, je veux ce petit **chien**-là... Et je le veux maintenant !

– Impossible, a répondu Lucas, il tète encore sa maman !

– En plus, Lilou, il faudra d'abord demander à tes parents s'ils sont d'accord pour que tu aies un **chien**, a dit la maîtresse. Ce **chiot** deviendra grand et tu devras t'en occuper tous les jours.

– **Pff !** Tout est toujours compliqué, c'est pas drôle ! s'est écriée Lilou qui a fait sa grimace spéciale **boudin.**

– Et si nous profitions de la naissance des **chiots** de Vanille pour apprendre un peu de vocabulaire ? a proposé la maîtresse. Comment appelle-t-on le bébé de la poule ?

– Un poussin !

– Très bien. Le bébé de la cane ?

– Un **caneton.**

– Le bébé de l'oie ?

– Un oison.

– Bravo Lucas ! Le bébé du chat ?

– Un chaton.

– Bien… et le bébé du lapin ?

– Facile, tous les noms des bébés finissent par le son « on ». Un lapinon !

– Eh non Lilou ! Le bébé du lapin s'appelle un lapereau.

– **Pfffff…** Puisque j'ai faux, je ne réponds plus jamais de ma vie.

Et Lilou a fait… ce que vous devinez !

On n'était pas encore allés chez Lucas admirer les **chiots** de Vanille, mais Lucas nous apportait des photos pour qu'on

les voie grandir. On les affichait dans la classe.

Lilou **boudait** moins depuis que sa maman lui avait donné la permission d'en avoir un.

Et elle parlait tout le temps de **chiots** et de **chiens...**

– Les **chiots** naissent aveugles et sourds. Au bout de deux semaines, ils commencent à voir et à entendre.

– On le sait, Lilou, tu nous l'as déjà expliqué mille fois, alors laisse-nous jouer s'il te plaît !

– Ah d'accord.

Eh oui, vous vous souvenez, Lilou **boude** toujours quand on ne l'écoute pas !

Et puis le grand jour est arrivé.

– **Un kilomètre à pied, ça use, ça use ! Un kilomètre à pied...**

Pour aller de l'école à la ferme de Lucas, vous l'avez deviné, on prend... **nos pieds !** On était bien rangés deux par deux quand, tout à coup, Lilou a commencé à nous dépasser.

– **Tut tut !** Je veux être la prem's pour choisir mon **chiot !** a crié Lilou.

– Non, Lilou, a dit la maîtresse. Tu viendras le chercher plus tard avec tes parents. Là, nous faisons une visite de classe.

– **QUUOOI ?** Je ne reviendrai pas avec mon **chiot ?**

Et traîne les **pieds,** et grosse **grimace** Lilou est allée au bout de la file pour mieux **bouder !**

C'est le papa de Lucas qui nous a accueillis. Il est très sympa.

– Vous êtes nombreux, les enfants. Je compte sur vous pour ne pas crier, les **chiots** ont bien grandi mais ils sont craintifs.

– Promis ! On sera calmes ! a déclaré Audrey. Allez les amis, on marche tous à pas de velours, à pas de voleur…

On est arrivés devant la niche

de Vanille. Ses cinq petits escaladaient son ventre ! C'était super rigolo !

– **Aaaah ! J'adooooore !** Je veux celui-là ! a crié Lilou.

Les **chiots** ont sursauté si fort qu'ils sont tombés et Vanille a aboyé !

– Tu es nulle Lilou ! s'est exclamé Lucas, très fâché.

– On ne peut rien faire ici ! Je n'ai même pas le droit de dire à mon bébé **chien** que je l'aime !

– Celui-ci est un bébé **chienne,** Lilou, a dit le papa de Lucas.

– Oh noooon, c'est impossible, ma mère ne veut pas de **chienne !**

Et là encore…

Maintenant les **chiots** étaient en train de manger. La classe entière les regardait. Sauf... Lilou qui **boudait** loin derrière. Soudain, Gustave est arrivé en aboyant fort. Lilou a eu si peur qu'en trois bonds elle est passée devant tout le monde !

Et soudain, surprise...

Un des petits **chiens** a quitté la gamelle pour s'avancer vers elle. Son ventre touchait la terre. Il était trop mignon ! Il s'est couché sur la chaussure de Lilou. Lilou l'a pris dans ses bras, le **chiot** lui a léché la joue, alors Lilou s'est tournée vers nous et a dit :

– Il m'a **choisie !**

Elle était toute bizarre.

Ce soir, Lilou m'a téléphoné.

– Je suis allée chercher mon **chiot** avec maman ce soir. Il s'appelle Bidouille. Je l'adore ! Et puis tu sais, je ne **bouderai** plus jamais !

– Tu en es sûre, Lilou ? j'ai demandé.

– Ouiiiii ! Bidouille ne comprendrait pas que je **boude !**

Comme nous ! Oups ! Mais il est tard, alors bonne nuit les amis !

Agathe

L'auteur

Pakita aime tous les enfants ! Les petits, les gros, les grands, avec des yeux bleus, verts ou jaunes, avec la peau noire, rouge, orange, qui marchent ou qui roulent, et même ceux qui bêtisent !
Pour eux, elle se transforme en fée rousse à lunettes, elle joue, elle chante, elle écrit des histoires et des chansons pour les CD, les livres ou pour le dessin animé.

L'illustrateur

Jean-Philippe Chabot est né à Chartres en 1966. Avant d'entrer à l'école il dessinait déjà. À l'école, il dessinait encore. Puis il a choisi de faire des études de… dessin. Et maintenant, son travail c'est illustrer des albums et des romans.
Il est très heureux de dessiner tous les jours et parfois même la nuit mais toujours en musique.

L'école d'Agathe

60 titres parus

7- Coralie miss chichis

36- Lucas le meilleur en tout

42- Vive le cirque de Hugo

57- Au secours ! Salomé déménage

L'école d'Agathe

Toute la série
L'école d'Agathe
sur www.rageot.fr

Achevé d'imprimer en France en juillet 2010
par I.M.E. - 25110 Baume-les-Dames
Dépôt légal : août 2010
N° d'édition : 5209 - 01